I0566201

CONTES

ET FABLES.

IMPRIMERIE DE LE NORMANT, RUE DE SEINE, N° 8.

CONTES

ET FABLES.

PAR LE CHEVALIER A. B.

A PARIS,

Chez
{
NEPVEU, passage des Panoramas, n° 26;
DENTU, Palais-Royal, galerie de bois;
CORRÉARD, *idem*;
Mme veuve PICHARD, quai de Voltaire.

MDCCCXXII.

CONTES
ET FABLES.

FABLE.

LE LOUP PHILOSOPHE.

Un loup dès le matin étoit sorti du bois;
Il suivoit tout pensif le cours d'une onde pure.
A quoi donc pensoit-il? Je donnerois cent fois
   Pour deviner. Cherchoit-il aventure?
     Je n'aurois pour ce cas
    Mis les esprits à la torture :
    Allons au fait tout de ce pas.
    Ce loup, déplorant de sa race
Les crimes renaissans, les appétits gloutons,
Rêvoit un monument aux mânes des moutons,

Et pour ce monument il cherchoit une place.

Il n'ignoroit qu'un loup, au bord de ce ruisseau,

Corsaire entre les loups, jadis prit un agneau,

Qui, n'opposant que foiblesse, innocence,

Et de la vérité l'inutile éloquence,

Au fond des bois fut emporté.

Honteux pour tous les siens de telle cruauté,

Il vouloit l'expier, ce loup pensoit en homme;

Et s'il fût né Romain, il eût honoré Rome.

On va se récrier, c'est là du mal sonnant:

J'en ai pris mon parti, je veux rire en contant.

M'amuser vendredi, dimanche en faire autant;

Je veux tuer au vol les jours de la semaine,

Et d'un voile léger parant la vérité,

A ma taille essayer l'habit de La Fontaine.

L'indulgence, après tout, peut me faire beau jeu;

Or, notre loup, l'honneur de la philosophie,

Trouve une place enfin que l'on eût dit choisie

Pour l'expiation dont il avoit fait vœu:

Par grand hasard c'étoit près d'une bergerie.

Cent moutons en un parc, loin des ardeurs du jour,

Paisibles, se pressoient contre la barricade.

Maudit soit le premier qui tente l'escalade,

Dit le loup à part soi! demeurons à l'entour;

Défendons, s'il le faut, de toutes aventures

Ces innocentes créatures.

Le loup s'approche au même instant

Inspiré d'un beau dévoûment,

Et voit, en un étroit espace,

Robin joli, Robin mouton.

Le loup le salue avec grâce,

Comme personne de bon ton,

Lui demande de ses nouvelles.

Robin tremble d'abord, puis répond poliment.

Là-dessus, messer loup, à l'animal bêlant

Fait protestations plus belles

D'estime, d'intérêt, lui parle de son vœu,

D'une action barbare éclatant désaveu;

Exalte sa philosophie,

Il lie enfin, avec Robin mouton,

T.

Comme avec un ami, la conversation.

Le mouton confiant à tant de prud'hommie,

Pour s'en rapprocher mieux, bientôt dans la prairie,

　　　Bondit.

　　Pauvre Robin, que mal t'en prit !

Le naturel revient, adieu philosophie

　　Nature s'en passe l'envie.

———

~~~~~~

FABLE.

L'OMBRE DE L'ANE.

———

Un jour qu'ils étoient en voyage,
Blaise à Guillot son âne avoit vendu;
Et la charge et le bât, tout étoit entendu.
L'âne, ainsi surmonté, sembloit de haut parage.
Guillot en étoit fier comme on l'est de son bien;
Blaise n'y prétendoit plus rien.
Celui-ci, seulement, suivant son habitude,
Paisible cheminoit à l'ombre du baudet;
Contre l'ardeur du jour c'étoit profit tout net :
Pour lui cette ombre étoit une autre latitude
De deux degrés de plus voisine d'aquilon.
L'ombre sur le chemin tomboit d'après nature,
Et Blaise la trouvoit tout juste à sa mesure.
Il y prenoit plaisir, lorsque son compagnon

S'en formalise, et lui cherche querelle.

L'âne est à moi, dit-il; son ombre m'appartient,

    Et cette place me revient.

Mais Blaise reste là comme une sentinelle;

Têtu de son métier, il est sur son terrain.

Le soleil luit pour tous, répond-il en colère.

Et l'âne, et l'ombre, et lui, n'en vont pas moins leur train.

Guillot parle à son tour, comme un dictionnaire,

    D'accessoire et de principal.

Après bonnes raisons, ne sachant plus qu'y faire,

Guillot de son poignet se fait un tribunal.

Malgré ces argumens, Blaise ne veut se rendre;

Blaise ne désempare, et riposte d'autant.

Qui donc fut le plus fort? Vous qui voulez apprendre

    De ce drame le dénoûment,

    Je vous renvoie à Démosthènes.

Au lieu d'être occupés à des contes d'enfant,

Allez planter la croix sur les remparts d'Athènes;

Volez, soldats du Christ, la gloire vous attend.

FABLE.

LE FLEUVE ET SA SOURCE.

———

Ne sais comment il arriva

Qu'un jour contre sa source un fleuve s'éleva.

Il s'ensuivit une querelle

Nouvelle.

De l'une et l'autre part, flux, reflux de propos

Vinrent étourdir les roseaux.

Vois, dit le fleuve, vois, pygmée entre les eaux,

Ma rive à ma rive opposée,

Mon lit profond, mon cours majestueux,

Mes ondes répétant les feux

De ce sacré flambeau qu'allumèrent les dieux ;

Tout te semble océan, tout est pour moi rosée.

Oui, répondit la source au fleuve impertinent,

Mais je coule avant toi ; de moi tu reçus l'être.

De propos en propos, la source s'échauffant,

Il seroit arrivé quelque malheur peut-être,

Si *flumen* n'eût alors ouvert l'avis prudent

  De soumettre leur différent

A Neptune. Tous deux se mettent en voyage,

  S'étant ainsi fait un aréopage.

  Déjà de la mer ils sont près :

  A son aspect *flumen* s'en fait accroire,

Il semble avec ses flots qu'il roule de la gloire,

Et la source en coulant murmure le succès :

  Tous deux sont sûrs de la victoire.

  Bientôt aux flots impétueux

La mer ouvre ses flancs : ils s'abîment tous deux.

~~~~~~

FABLE.

L'ESTOMAC ET LES MEMBRES.

———

L'ESTOMAC se plaignoit de sa condition ;

Les membres lui faisoient ombrage.

Je suis toujours, disoit-il, à l'ouvrage,

Sans que de moi jamais l'on fasse mention.

Je vis obscur, caché, la gloire est le partage

Des membres s'arrogeant la force et le courage :

A les servir par le sort appelé,

Je distribue au cœur le sang renouvelé,

Sans que de mes efforts on garde la mémoire.

Ils ont tous les profits du manger et du boire ;

Les membres de la nuit savourent le repos,

Mais pour messer gaster il n'est point de pavots.

Gaster , gaster, laisse là tes travaux.

Ainsi dit, l'estomac fait son unique affaire

De ne rien faire.

Puis les nerfs irrités, secondant sa colère,

Dans son complot il entraîne le cœur.

Mais ce lui fut une erreur sans seconde.

Gaster perdit sa force et sa chaleur;

Il en souffrit, les pieds, les mains, et tout le monde.

~~~~~~

FABLE.

LA SOURIS ÉMIGRÉE.

———

UNE souris vouloit quitter les trous pénates :

Pour elle il n'étoit plus de bonheur au pays.

Le brigand Raminagrobis

Avoit juré ses grandes pates

De l'immoler, elle pauvre souris,

Vivant en honnête personne,

Et pouvant attester la notoriété

De sa bonne moralité.

Seulement, disoit-elle, et Dieu me le pardonne,

La faim, le soir, l'occasion,

Ma jeunesse et le voisinage

D'un fromage

M'en firent quelquefois ronger ma portion ;

Mais faut-il pour cela que l'on jure ma perte ;

Que la nuit et le jour on me donne l'alerte ?

Serviteur au portier, je le déclare net,

Je quitte le pays, et risque le paquet.

  Aussi bien je puis, à mon âge,

  Tirer profit de mon voyage,

M'instruire, et rapporter au peuple souriquois

Des usages nouveaux et de nouvelles lois.

 Et sus, malgré les conseils de sa mère,

  Et ses larmes, et ses sanglots,

  Et ses baisers, et ses tendres propos,

Elle part, du bonheur poursuivant la chimère.

Le bonheur est-il donc au bout de l'univers !

  Comme ici couleroient mes vers,

  Si, dans un conte, un épisode

  Etoit de mise, étoit de mode !

Notre souris veut traverser les mers ;

Elle en a rat en tête, et la voilà blottie

  Sur un bâtiment de transport.

Ainsi Boo (1) quitta son père et sa patrie.

La donzelle se plaît à bord;

A bord elle fait chère lie;

Elle a de doux loisirs, et surtout ne craint pas

Les chats.

Pour la première fois elle se trouve heureuse;

Mais nous montrerez-vous, ô Muse paresseuse,

Du fil de ce discours et l'un et l'autre bout,

Le nœud, le dénoûment, la morale, surtout?

Allons, faisons effort, j'aperçois le rivage;

Aussi bien la souris se lasse du voyage,

Et le vaisseau touche au port à l'instant.

Il ne nous reste plus que le débarquement:

Ce n'est pas une grande affaire.

Saute, souris, voilà la terre.

O désespoir! la jeune aventurière

Trouve en de nouveaux climats

Les puissans alliés des implacables chats.

Libres, mais oppresseurs, vivant en république,

(1) *L'Imagination.* Delille.

S'élançant du pouvoir à la haine publique,

    Tigres par le tempérament,

    Par la couleur et par la dent,

    Et par le fait au demeurant.

Point ne fut la souris victime de leur rage;

Mais à leur seul aspect transie au fond du cœur,

    De peur,

Elle fut chez les morts faire un dernier voyage.

———

FABLE.

LE VER LUISANT ET LA FAUVETTE.

———

Un ver luisant, tapi près d'un chemin,
  Vers le soir promenoit sa vue
Sur les passans; présomptueux, malin,
  Rien n'échappoit à sa revue.
De l'homme à la fourmi chacun avoit son tour,
Tandis qu'il se trouvoit aussi beau que le jour,
Au prix de ceux que la nuit de ses voiles
  Enveloppoit. Il rioit aux éclats,
    Si quelqu'un faisoit un faux pas;
Il appeloit ses sœurs les plus belles étoiles,
    Et soutenoit que le soleil
  Etoit là haut fier d'être son pareil.
  L'astre du jour, disoit-il, est mon frère;

Et mon cousin le diamant

Ne me disputeroit le pas assurément.

Je suis sans égal sur la terre.

Pendant qu'ainsi ver luisant péroroit,

Et que de son éclat il s'enorgueillissoit,

Du feuillage voisin s'échappe une fauvette.

Elle voltige autour, puis près du ver s'arrête,

Lors le ver en émoi

Se tient coi.

D'où vient que l'on vous voit, lui dit-il, à cette heure,

Hors de votre demeure ?

(Il y voyoit sans doute à sa propre lueur.)

Princesse, ce m'est grand honneur

De recevoir votre visite.

La devrois-je au hasard ou bien à mon mérite ?

— Votre éclat est bien fait, Monsieur, pour m'attirer ;

Et je viens de près l'admirer :

Vous me plûtes toujours ; ce disant, la fauvette

Le béquette.

~~~~~~

FABLE.

LA CORNEILLE ET LE CORBEAU.

———

CERTAIN corbeau, voulant d'une huître ouvrir l'écaille,

Faisoit effort du bec contre la victuaille,

Mais la place tenoit, et le cheval de bois

Se fût trouvé sans doute en défaut cette fois.

   Laisserai-je ce mets de prince,

   S'écrioit-il, aux gens de la province!

Et dans mille ans encor dira-t-on qu'un corbeau

   Marqua sa honte au coin d'un bon morceau!

— Que servent ces discours? lui dit une corneille;

   Bien que vous parliez à merveille,

L'écaille bravera vos cris, votre courroux.

Écoutez mon conseil, enlevez dans la nue

2

L'huître, puis laissez-la tomber sur ces cailloux :

Dans sa chute, sans doute, entr'ouverte ou rompue,

Vous ferez vôtre son poisson ;

Il sera le régal de votre seigneurie.

A ces mots le corbeau sent son âme ravie :

On appelle cela prendre la balle au bond.

Sans plus délibérer le voilà qui s'envole

Emportant l'huître. Attendons quelque peu ;

Laissons-les voyager : la chose seroit drôle

Si cette huître tiroit son épingle du jeu ;

Mais ce fut la corneille, il faut que je le dise,

Car le corbeau, suivant l'avis officieux,

Laisse tomber l'huître des cieux,

Qui, comme de raison, sur les cailloux se brise.

La dame en fit curée, et le corbeau confus

Jura, mais un peu tard, qu'on ne l'y prendroit plus.

FABLE.

LE MAURE.

———

QUE nous sert de laver la face de ce Maure !

En vain pour ce travail devançons-nous l'aurore ;

Sa face va toujours se dessinant en noir.

L'albâtre en fait son deuil, au dire du miroir.

Je connois plus d'un Maure en France, en Italie,

J'en connois à l'Académie.

———

2.

FABLE.

LES DEUX RENARDS.

———

Deux renards en un poulailler

Un beau matin s'introduisirent :

On devine ce qu'ils y firent ;

Le coq y passa le premier,

Poules après, et poulets à la file ;

Force morts autour d'eux restèrent étendus.

Point de quartier au peuple volatile ;

Ils eussent été cent, ils eussent été mille,

Qu'en ma fable à présent ils n'existeroient plus.

Que vais-je ici parler de fable !

Je tiens le fait de bonne part.

Mets délicats, appétits de renard,

Ils étoient là comme l'on est à table ;

Mais quel que soit le festin,

On se rassasie à la fin.

Rien ne leur faisant plus envie,

Relâche à la gastronomie ;

Pourquoi demeurer plus long-temps

Parmi les morts et les mourans ?

Partons, dit l'un à son confrère,

Partons, je n'aime pas l'aspect d'un cimetière ;

D'ailleurs il se pourroit que le maître arrivant,

Nous fît une mauvaise affaire.

L'autre renard, léger, jeune, imprudent,

Et plus qu'aucun de sa race gourmand,

Prend cela pour chansons, et ne veut pas le suivre.

Il attend donc de nouveaux appétits,

Pendant que son aîné tout seul bat le pays.

Mais le maître bientôt lui vint apprendre à vivre,

S'y prenant de telle façon,

Que l'écolier reçut sa dernière leçon.

Il est des étourdis semés sur cette terre ;

On leur diroit *j'ai froid* (1), qu'ils n'écouteroient point :

Il est de vieux renards, en amour comme en guerre,

Et des sages, des fous en l'un et l'autre point.

(1) Abuffar, tragédie.

FABLE.

L'ABEILLE ET LE VER A SOIE.

———

UN ver à soie, habile personnage,
Mais aimant la chicane, et de tous les débats,
Sur une abeille un jour vouloit avoir le pas.
    C'étoit un train par tout le voisinage;
Chacun leur donnoit tort ou leur prêtoit raison,
Suivant qu'en la querelle entroit la passion.
Avint que Jupiter entendit ce tapage :
Résolu d'apaiser les discords de là-bas,
    Jupiter commande à Mercure
D'aller quérir le ver, rampante créature,
Et l'abeille avec lui, pour entendre le cas,
    S'en faisant juge. On ne s'attendoit pas

A voir tel juge en telle affaire;

Mais ce n'est tout; le maître du tonnerre

Convoque le conseil des dieux.

Saturne, leur doyen, à leur tête prend place

Après Jupin qui, de sa grâce,

Ebranle en s'asseyant les portiques des cieux.

Cette cour, il me semble, en valoit bien une autre.

Plaideurs sont introduits au céleste séjour.

Sur la forme et le fond ils parlent tour à tour;

L'abeille est sémillante et le ver bon apôtre,

D'éloquence c'est un assaut;

Bonnes raisons ne font défaut.

Ma république, dit l'abeille,

De sagesse est une merveille;

Nous avons nos législateurs,

Nos Aristides, nos Socrates,

Nos Galiens, nos Hippocrates,

Nos tribuns et nos sénateurs,

Nos dieux et notre métropole,

Et nos rois; et nos généraux,

Et nos soldats, et nos drapeaux.

Notre miel est au Capitole.

Des hommes il est le nectar.

A ce mot elle vit sourire l'assemblée :

La pauvrette en étant troublée,

Et l'horloge des dieux sonnant qu'il étoit tard,

Plus ne dit mot. Mais place à Démosthène :

Maître ver étoit là, rampant comme un plaideur ;

Jusqu'à la barre il arrive avec peine,

Puis s'efforçant d'oublier qu'il a peur :

Quand je vois le soleil, et vois l'astre nocturne,

Quand je vois Jupiter, et quand je vois Saturne,

Assemblés ici tout exprès,

Pour ouïr les débats d'un funeste procès,

Je me sens confondu.... Le maître du tonnerre....

Un ver.... Je serois fier d'être un grain de poussière :

Mais il me faut répondre aux discours des méchans :

Je vais donc prouver, *quoi qu'on die*,

Que mon peuple a quelques talens,

Et confondre la calomnie.

Nous n'envions l'abeille ni ses lois ;

Nous ne connoissons pas les vols et les rapines,

Les Etats électifs, les guerres intestines ;

Mais nous parons les bergers et les rois,

De ce tissu brillant, dépouille volontaire

D'un fidèle dépositaire,

Que pour l'homme nature a pris soin d'enfanter.

Je devrois ici m'arrêter :

J'ai parlé des effets, les Dieux savent les causes.

Est-il besoin de raconter

Nos divers changemens et nos métamorphoses,

Nos ailes nous berçant mollement dans les airs,

Répétant les reflets divers

Des rayons échappés au dieu de la lumière,

Fils de la paix et du mystère ?

Le ver toujours à l'homme offre nouveaux bienfaits,

Tandis qu'abeille, enfant de la colère,

Va le menaçant de ses traits.

A ces mots les Dieux en silence,

Voire le dieu de l'éloquence,

Surpris se regardent entre eux;

De la justice la balance

Reste en suspens à la voûte des cieux,

Entre la crainte et l'espérance.

Plaideurs, qui passèrent par là,

Ne me démentiront. Ce voyant, notre abeille

Vole vers Jupiter, lui bourdonne à l'oreille

Que jadis sur le mont Ida

Il fut nourri de miel, et qu'il lui dut la vie,

A ce cher et doux souvenir,

Jupin sur son cœur crut sentir

Couler un fleuve d'ambroisie,

Et de se récuser on dit qu'il eut envie.

Etre juste et reconnoissant,

Quand on est juge, c'est problème

A résoudre en effet assez embarrassant,

J'en serois empêché, Jupin le fut lui-même.

Pour en finir, la Cour délibéra,

Puis condamna,

Qui donc? Faut-il qu'on le demande?

Le pauvre ver avec amende ,

Et réprimande ,

Et triomphante abeille renvoya ,

Qui, par un adroit subterfuge ,

Avoit influencé son juge.

Ma morale est au port, j'en voulois venir là.

FABLE.

LE MOURANT ET SA FEMME.

———

Sommes-nous malheureux, nous appelons la mort ;

Entend-elle nos cris, nous accusons le sort.

Le monde est ainsi fait ; y chercher à redire,

Est un autre travers, il seroit mieux d'en rire.

Après tout, si la mort demain

Venoit frapper à notre porte,

Qui lui refuseroit l'adresse du voisin ?

Il me faut faire de la sorte

Que ceci de ma fable amène le sujet.

Dans son lit étendu languissoit un malade :

Sa femme étoit à son chevet,

Qui sanglotoit, point n'en faisoit parade ;

C'étoit du fond du cœur que ses larmes couloient,

    Et ses yeux en eau se fondoient.

Hâte-toi pour moi seule, ô mort, s'écrioit-elle !

Hâte-toi, viens finir ma fortune cruelle !

La mort, qui du logis connoissoit le chemin,

    Arrive enfin,

Et va droit à l'objet que la douleur oppresse.

    Que voulez-vous ? dit la pâle déesse ;

Depuis une heure au moins je m'entends appeler :

Je suis prête, pour vous qu'est-il qu'on puisse faire ?

— Passez de ce côté, lui répond la commère,

    C'est mon mari qui vouloit vous parler.

~~~

CONTE.

LA VIEILLE REINE ET LA JEUNE PAYSANNE.

———

UNE reine attendoit, sous le poids de ses ans,

   La pâle mort à sa première ronde;

Déesse dont la faux est l'effroi des vivans,

Déesse devant qui le haut bout n'ont les grands.

Cette reine n'avoit plus à laisser au monde

Qu'un souffle qui passoit encore entre deux dents;

On voyoit son menton, nous raconte l'histoire,

Comme, pour échapper tout seul au monument,

   Jusques à son nez remontant,

Sur ce nez qu'il heurtoit imprimer sa victoire.

   Son ascendante hostilité

   Ebranloit de ce promontoire

La face de sa majesté.

Tout un siècle sur une tête,

Avec une couronne, est un pesant fardeau,

Et l'on visite à moins Charon et son bateau.

Pour la reine alarmée, un prodige s'apprête :

Une fée advenant va la réconforter.

Voulez-vous rajeunir ? lui dit-elle. — Sans doute ;

Et je le veux, quoi qu'il m'en coûte ;

Faut-il tous mes joyaux, on va les apporter.

— Il faut trouver quelqu'un qui veuille à votre place

D'un siècle encourir la disgrâce.

Lors, on publie un ban, et de se présenter

Force gueux qui vouloient aboutir à richesse

Par le chemin de la vieillesse.

On vit venir aussi plus d'un ambitieux ;

Chacun vouloit vieillir, c'étoit à qui mieux mieux.

Sur son trône paroît notre royal squelette,

Et les prétendans d'accourir

Pour lire sur son front leurs rides à venir ;

Chacun en perspective ajuste sa lunette.

D'abord d'une médaille on croit voir le revers,

Que ce côté grossit, que l'autre diminue ;

Puis tous conviennent, à sa vue,

En leurs divers jargons, en prose comme en vers,

Qu'elle n'appartient plus qu'au burin de l'histoire.

La reine veut dîner devant ce consistoire ;

Elle se met à table, et le grand échanson ,

Au signe qu'elle fait, lui passe une mâchoire ;

Non point celle jadis qui servit à Samson ,

Mais celle qu'aux repas d'ordinaire on apporte,

Mâchoire improvisant des dents de toute sorte,

Sans avoir les douleurs de la dentition.

Les jouvenceaux, à ce coup de théâtre,

Furent guéris du mal d'ambition.

Et la reine garda, sans en pouvoir rabattre,

Les cent ans qui fort lui pesoient.

Pendant qu'à son aspect prétendans s'enfuyoient,

Il se présente une fillette,

Belle, de doux parler, belle comme le jour ;

Cet astre entroit au solstice d'amour :

Du désir en ses yeux pétilloit la bluette.

Elle est reçue aux applaudissemens

D'une foule de courtisans

Qui tourbillonnent autour d'elle.

La villageoise avoit nom Perronnelle.

Celle-ci, sans plus discourir,

En débutant demande la couronne.

Elle ne vouloit pas seulement s'enrichir;

Mais briller de l'éclat qui le trône environne.

Notre reine se fâche à ces prétentions :

— Moi, vivre sans régner; cette fille m'offense,

Et me le proposer est une impertinence.

Au village vit-on telles ambitions!

La reine cependant le prend sur autre gamme;

Elle veut rajeunir (cette reine étoit femme);

Elle offre la moitié de ses vastes Etats;

Mais on ne s'en contente pas.

— Laissez-moi mes lis et mes roses,

Avec certaines autres choses;

Si vous ne donnez tout, ne me proposez rien;

Mon lot est la beauté, la jeunesse est mon bien :

Gardez vos rides ; moi, je retourne au village.

Je vais où le bonheur m'attend.

A mon avis Perronnelle étoit sage ;

Son discours étoit éloquent.

Quel sera mon sort, dit la reine,

Dévouée à l'oubli, sujette en mes Etats ?

— Vous danserez, rirez, et bannirez la peine,

Et sur le vert gazon vous prendrez vos ébats.

En prononçant ces mots, la belle

De rire, de chanter, de danser devant elle ;

Puis s'arrêtant :

Que Votre Majesté, dit-elle, en fasse autant.

La reine encore un peu bien radoucie,

Reprend : Que ferez-vous, ma mie,

D'une couronne et de la royauté ?

— Je ne sais, mais j'en meurs d'envie,

Comme d'un fruit dont je n'aurois goûté.

Survient la fée ; essayons, leur dit-elle,

Si le métier de reine à l'une conviendra,

3.

Et si l'autre au village à son tour se plaira.

Aussitôt on voit Perronnelle,

Et ridée, et courbée, et tous ses sens perclus ;

On la voit devenir souffrante, querelleuse,

Grondeuse ;

On la voit.... Mais plutôt on ne la voyoit plus.

Pour le prouver, qu'on se figure

Une fillette de cent ans,

Ayant pour charmes, pour parure,

Deux dents.

La fée au même instant entr'ouvre une cassette :

Il s'en échappe un essaim de flatteurs ;

Il en pleut, et chacun faisant la pirouette,

Fait sa courbette.

La reine, indifférente à ces respects menteurs,

Voyoit l'autre moitié de la métamorphose,

Pendant ce temps s'épanouir,

Commme on voit au matin s'épanouir la rose

Au souffle printanier de l'amoureux zéphir.

La reine véritable étoit déjà jolie,

Rioit de Perronnelle, et d'un regard fripon

Contemploit de sa cour l'illustre compagnie.

Sa taille est élancée, et son pied est mignon.

   À sa démarche, à son air, à ses grâces,

     Tous les cœurs volent sur ses traces.

     Un blanc corset, un court jupon,

     Des fleurs composent sa parure ;

Elle vient de sortir des mains de la nature,

     C'est un enfant, mais c'est l'amour.

Elle chante, elle rit, elle danse à son tour ;

    Elle gardoit pourtant au fond de l'âme

   Un souvenir, un levain de grandeur,

Tandis que Perronnelle éprouvoit en son cœur

Vifs regrets. Celle-ci, sans plus tarder, réclame

Pour cesser de régner un autre enchantement.

     La fée étoit bonne personne.

Elle fait faire encor navette à la couronne,

   Et la voilà d'un soudain changement,

    Perronnelle comme devant.

J'entends qu'on veut savoir ce que dit l'autre reine

Quand il fallut de plus belle vieillir;

Mais avec les censeurs c'est à n'en pas finir,

Et de les contenter sans doute j'aurois peine.

    Elle dit ce qu'elle voulut.

    Faut–il, alors que l'on raconte ,

Dire quand il fit beau, dire le jour qu'il plut,

Et faire entrer encore une éclipse en un conte?

FABLE.

LE LION ET LA GRENOUILLE.

———

Sire lion, près d'un marais,

Dormoit un jour d'un profond somme.

Venu d'abord pour y prendre le frais,

Il étoit là qui ronfloit comme un homme,

Quand tout à coup, du haut de son gosier,

Crie et coasse une grenouille.

Le lion de se réveiller;

Il croit qu'un ennemi convoite sa dépouille;

La plaine retentit de ses rugissemens;

Il bat ses flancs.

Ses yeux autour de lui promènent sa colère;

Le bruit redouble au même instant:

Il aperçoit l'animal coassant,

De honte le lion se fût caché sous terre.

Ma fable enseigne, ami lecteur,

Qu'il faut marcher sur l'objet de la peur.

FABLE.

LE SAPIN ET LE BUISSON.

———

Être chétif, vil avorton,

Dit un beau jour le sapin au buisson.

Contemple mes rameaux, l'orgueil de la nature,

Majestueuse chevelure,

De ces forêts l'ornement, la parure.

Deux pas sont à tes yeux un immense horizon,

Tandis que, du Caucase aux colonnes d'Alcide,

Je promène les miens, tandis que près des cieux

Mon front va rencontrer l'oiseau chéri des dieux,

Et qu'il demeure calme où la foudre réside.

Pourquoi, répondit le buisson,

Le prenez-vous avec moi sur ce ton?

Modeste en mon séjour, modeste en mon feuillage,

    Ai-je mérité cet outrage?

    Mais, seigneur, qu'il me soit permis

    De m'exprimer avec franchise :

    Le rang où le Ciel vous a mis

A ses dangers; souffrez qu'on vous le dise,

Rabaissez quelque peu l'orgueil de vos rameaux,

Ou plutôt regardez cet homme qui s'avance;

    Qu'il semble fier de sa puissance!

    Sans doute il vient troubler votre repos.

Je ne crains rien pour moi, chetive créature,

Suis-je digne des coups du roi de la nature?

A peine le buisson a prononcé ces mots,

    Que la cognée au loin se fait entendre;

Les airs en sont émus, et les échos troublés,

Et le sapin gémit sous ses coups redoublés.

Du sommet de l'orgueil l'orgueilleux va descendre;

Il va tomber, il tombe, et peut-être aujourd'hui,

Arbitres des humains, vous tombez avec lui.

~~~~~~

FABLE.

LE BŒUF ET L'ANE.

———

Un bœuf pressé par l'aiguillon,

Traçoit un pénible sillon :

Que faire à la charrue, à moins qu'on ne la tire ?

L'effort succédoit à l'effort.

Il amenoit à lui la charrue et le sort,

Lorsqu'un âne s'en vint, d'un gros éclat de rire,

A sa peine insulter : l'animal oreillard

Se redresse, se câbre, et fait le goguenard ;

Du ton qu'on lui connoît débite des folies ;

Il se rue en bons mots, s'emporte en moqueries :

Passe pour être bœuf, mais de l'être à ce prix,

Je le laisse à mes ennemis,

Dit-il, et par ma foi, monsieur du labourage

Me semble se piquer d'un noble passe-temps.

Cette ardeur prouve en lui les plus beaux sentimens.

Il en reçut du Ciel le glorieux partage.

    Pour moi qu'oublièrent les dieux,

    De cet honneur je ne suis envieux.

Je ne néglige pas les chardons pour l'ouvrage.

C'est labourer deux fois qu'entendre ton langage;

Dit à la fin le bœuf à cet être insolent;

    Rends grâce au joug qui retient ma colère,

    Déjà, sans cet empêchement,

J'aurois su te guérir de railler et de braire.

FABLE.

L'ARBRE SANS FRUITS.

———

Certains grimauds, sous un arbre étendus,

Promenoient leurs regards du tronc jusqu'à la cime.

Cet arbre, dit l'un d'eux, n'est là que pour la rime;

Car ses rameaux de fruits sont dépourvus;

Lui ni les siens onc n'en portèrent;

Mal avisés, ma foi, les gens qui le plantèrent:

La cognée en feroit raison,

Si j'étois maître; et plus je l'examine,

Plus je crois qu'on devroit au feu de la cuisine

Du haut en bas l'ériger en tison.

A cette dernière parole,

L'arbre prouva par un frémissement

Que du discours il avoit vent.

Malheureux, leur dit-il, par l'organe d'Eole,

Malheureux, et cette ombre où vous vous reposez,

Blasphémez-la si vous l'osez.

CONTE.

L'HOMME GROS D'ENFANT.

———

CALENDRIN à trois siens amis

Racontoit qu'une sienne tante

Depuis deux jours en paradis

Lui laissoit matière sonnante.

Cent écus; il étoit de plaisir transporté;

Il recueilloit ses sens pour contenir sa joie.

Cent écus, disoit-il, cela fait, bien compté,

Trois cents francs beaux et bons. Un renard sur sa proie

Eût été moins content que n'étoit Calendrin.

Je vais acheter métairie,

Avoir des gens, faire du train,

Et vider doucement la coupe de la vie.

Il se garda de promettre ou d'offrir

A ses amis quelques oboles;

Avare fut même de ses paroles.

Ses compagnons, qui venoient de l'ouïr,

Cependant le complimentèrent;

Puis s'en allèrent,

Cachant adroitement

Et leur dépit et leur ressentiment.

Ils cherchoient déjà dans leur tête

Quelque tour pour punir le nouveau parvenu.

Malice vient quand on la guette.

Entre eux tout bientôt convenu;

Au lendemain on renvoya la fête.

Un des trois, rencontrant son homme aux cent écus,

D'un air franc et courtois lui donne l'accolade.

— Que vois-je, Calendrin? je ne te connois plus.

Tes traits sont altérés; ne serois-tu malade?

Sans le laisser répondre, il poursuit son chemin.

Le second vient, et l'abordant de même :

— Est-ce toi, Calendrin? ta face est triste et blême.

Près de toi, cette nuit, quel est donc le lutin

Qui t'a, pour ton malheur, offert sa compagnie,

Qui grava sur ton front ce cachet d'agonie ?

— Avec quelque raison j'en ai quelque souci ;

Car notre ami commun me l'a dit tout à l'heure.

Mais à ces mots l'ami plus long-temps ne demeure,

Pour en rire à l'écart il l'abandonne aussi.

Arrive le troisième : ô sinistre spectacle !

Est-ce un mort que je vois cheminer lentement,

Et se rend-il tout seul à son enterrement ?

Dieu, pour m'épouvanter, feroit-il ce miracle ?

Calendrin, l'entendant, n'a plus de sang qu'au cœur ;

    Il s'y retire avec la peur.

— Si je ne suis pas mort, je suis bien près de l'être.

Ami, c'est Calendrin que tu vois devant toi ;

Prête-lui ton secours qu'il saura reconnoître ;

Je me sens défaillir, je tombe, soutiens-moi.

Auprès de Calendrin l'ami soudain s'empresse ;

    A son état s'intéresse ,

Cache un rire moqueur, et prodigue les soins ,

Le plaint... (On l'eût pu plaindre à moins.)

Calendrin, à ses soins, à son bénin langage,

Retrouvant pour marcher un chancelant courage,

A son logis arrive enfin.

On va sans plus tarder quérir un médecin,

Que dans le quartier l'on renomme.

En son lit, de ce temps, on place le bonhomme ;

Sa femme en pleurs aussitôt d'accourir,

Les amis de se réjouir.

(Dans le complot étoit notre Esculape.)

On tient Calendrin chaudement ;

On intercepte l'air parce qu'on craint le vent.

Advient la Faculté, Dieu fasse qu'il échappe !

A ses côtés étoient les trois amis,

Et la femelle en de vives alarmes.

Mais voici bien d'autres soucis,

Le docteur parle bas pour ménager les larmes.

Parlez, dit Calendrin, parlez : qu'est donc ceci ?

Me trouve-t-on suspect ici ?

Le docteur, pour lui seul acceptant ce reproche,

Annonce alors catégoriquement

Que Calendrin est gros d'enfant,

Gros d'enfant, et, de plus, que du terme il approche.

Je suis perdu, dit Calendrin,

A mon secours, miséricorde,

Je suis gros d'un enfant, et j'accouche demain.

Par où sortira-t-il, à moins qu'il ne me morde

Je m'en étois douté, je le disois un jour.

Ah ! ma femme, c'est toi qui m'as joué ce tour.

— A votre mal encore, il est un sûr remède,

Reprend le médecin ; il sera cher d'autant.

— Voilà mes cent écus, répond le patient.

Le médecin alors procède

A docte énumération

Des choses que dedans il faut qu'on entremêle :

Poulets, chapons, perdrix sont dans la kirielle ;

Plus un veau pour entrer en la décoction ;

Il étoit tout du long couché dans l'ordonnance :

Le tout pour une once de jus

Qu'il falloit prendre à jeun, et pour deux jours sans plus.

4.

Qui fut content du rescrit d'abstinence,

On devine aisément : le jour étant venu,

    Ainsi qu'on étoit convenu,

On en prend, on s'en donne aux dépens de Calendre.

    On fait festin, et festin et demi.

    A leur malade après ils font comprendre

Qu'ils ont chassé de lui son cruel ennemi.

Dupe jusques au bout, et n'entendant malice,

Il se lève, il étoit guéri de l'avarice.

~~~~~~

FABLE.

LE PAPILLON.

———

Un papillon autour d'une chandelle

Voltigeoit, folâtroit, passoit et repassoit,

Puis s'envoloit, puis revenoit.

Il fit si bien que le bout de son aile

Se trouva pris à la chandelle;

Et le voilà se débattant,

Et de l'autre aile s'escrimant

Pour délivrer la prisonnière.

Il faisoit chaud près du soleil.

Papillon se dépite et se met en colère;

A son malheur jamais vit-on malheur pareil?

Le pauvre enfant se désespère.

De guerre lasse, au chandelier

Tout de ce temps il porte plainte.

Contre le droit des gens on me fait prisonnier,

Lui dit-il; ne permets une semblable atteinte

A ce droit respecté des peuples et des Rois.

Le chandelier ne comprit ce langage;

C'étoit parler français, il étoit Iroquois.

Ces gens des malheureux point n'entendent la voix,

Et bien d'autres pas davantage.

Aux mouchettes alors il expose le fait,

Bien humblement, comme une remontrance;

Mais mouchettes encore étoient de connivence,

Et de moitié dans le forfait :

Car, pour mieux attirer la volante victime,

Elles avoient coupé la mèche par la cime.

Le papillon y perdit son latin.

Donec eris felix. J'allois me mettre en train

De parcourir une gamme latine;

J'allois changer le ton de ma Muse badine,

Et j'allois perdre ainsi mon temps et mon latin

A sermoner le genre humain.

FABLE.

LE RAT SAVANT.

Un jeune rat, pour se faire savant,

    S'en alloit les livres rongeant ;

Puis un feuillet, puis deux, et les vers et la prose,

Et Corneille et Racine, et Pope et Robertson ;

Il aimoit Bossuet, dévoroit Fénélon.

    On apprend toujours quelque chose,

    La politique, le blason,

    Le grec, l'hébreu, l'arithmétique,

    Les pandectes et la physique :

Rien n'étoit étranger à l'habile garçon ;

Il eût d'un collecteur achevé le registre.

    Pourquoi, disoit-il, un ministre

Ne m'a-t-il envoyé les classiques latins ?

Que n'ai-je de César au moins les Commentaires ?

Mais ces Messieurs auront d'autres affaires.

Il faudra, pour savoir les hauts faits des Romains,

Que je fasse antichambre, et que je sollicite

La grâce de lire Tacite.

De dépit, à ces mots, il lit entre ses dents

Des romans.

Bientôt il en a des coliques ;

Il croit avoir au moins mangé cent noix vomiques.

Il s'agite, il trotte menu.

Il furète un remède ou en vieil Hippocrate,

En vain dans son gosier enfonce-t-il la pate ;

En vain consulte-t-il : le mal n'est pas connu.

Ce rat mourut comme Socrate.

FABLE.

LA STATUE RENVERSÉE.

———

Un empereur romain aperçut par hasard

Dans le Forum sa statue

Abattue.

De la veille, en effet, la tête de César,

Par la foudre frappée, imprimoit dans la boue

Sa joue,

Comme aussi le profil de son nez aquilin

Et romain.

De César cette vue enflamme la colère.

Dans la fange, dit-il, le maître de la terre !

Quel est le criminel ? qu'il périsse à mes yeux !

César, répondit-on, c'est le maître des dieux.

———

FABLE.

L'HOMME DÉCOIFFÉ.

———

Pour réparer *l'irréparable outrage*,

Un citadin avoit sur sa tête étalé

De cheveux empruntés ce pompeux assemblage,

    Que l'on a perruque appelé.

Symétriques marteaux, musqués à triple étage,

    Du citadin attestoient le bon goût.

De plus, l'homme aux cheveux étoit homme de tête ;

Au boudoir, au salon, il avoit le haut bout.

    Il n'étoit bruit d'une conquête,

    Sans qu'on n'en fît au sire les honneurs ;

Des plaisirs du scandale il goûtoit les douceurs,

Lorsqu'en un bal un jour qu'il se donnoit des grâces,

Un élan trop hâté fait voler dans les airs

Sa perruque : pour voir on eût payé les places.

Des rieurs il entend les éclatans concerts.

Messieurs, dit-il à ceux qui se mettoient en fête,

    Comment ces cheveux sur ma tête

      Pouvoient-ils s'arrêter,

   Quand sur la leur ils ne purent rester ?

FABLE.

LE MARIAGE DU HIBOU.

———

J'AI lu, je ne sais où,

Qu'autrefois un hibou

Brûla d'une secrète flamme.

Il s'ennuyoit au fond du bois;

Il maigrissoit, perdoit la voix;

C'étoit à fendre l'âme.

Un inconnu désir, l'amour, je ne sais quoi,

Le mal de quelque part galopoit à la tête.

Je suis bon, dit-il, par ma foi,

De rester plus long-temps seul en cette retraite.

Ne puis-je pas former des liens assortis,

Et choisir dans le voisinage

Quelque objet attractif, et me mettre en ménage?

Ouvrons à la beauté mon cœur et mon logis.

On m'a parlé d'une mine friponne;

Elle est faite pour moi, c'est une jeune aiglonne;

Je lui vais dépêcher un adroit messager.

Soit curiosité, soit pure complaisance,

La corneille accepta son mandat sans songer

A l'incongruité d'une telle alliance.

La dame va trouver l'aigle, roi des déserts;

De l'importance elle affecte les airs,

Fait un court compliment, et lui demande aiglonne,

Au nom de messire hibou,

Roi de la solitude, et seigneur de son trou.

Elle babille, elle raisonne,

Et de telle façon que notre aigle ébahi

A ses discours a bientôt consenti.

Cet aigle radotoit; j'entends qu'on s'en étonne;

Qu'on soit juste pourtant, bien des gens dans Paris,

Parmi les plus huppés, sont aigles à ce prix.

Trève de vérités, conter est le plus sage.

Aiglonne à tous les siens adresse ses adieux,

Puis se compose et se frotte les yeux.

C'est comme un mariage :

Hélas ! elle ignoroit la rigueur du destin.

Dame corneille, et sa nouvelle amie,

Jusqu'aux pieds du hibou volent de compagnie ;

Il étoit occupé des apprêts du festin.

Mais aiglonne, à sa vue,

Jeta des cris qui percèrent la nue.

En face l'apostropha,

Et lui prouva,

Par argumens d'une certaine force,

Que la loi des hiboux permettoit le divorce.

———

FABLE.

L'ANE MALADE.

Un âne étoit à l'agonie ;

A des chiens affamés on l'avoit raconté.

Il seroit de l'honnêteté,

Dit l'un d'eux sur le ton de la matoiserie,

De s'informer de la santé

D'un âne que bientôt pleurera l'Arcadie.

Comme il aboyoit cet avis,

De bravos prolongés retentit le logis.

Que ne peuvent les bienséances !

Elles commandent aux puissances ;

De Paris au Japon, du faquin au marquis,

A leur sceptre qui n'est soumis ?

Les dogues vont donc faire une honnête visite,

Autant qu'intéressée, et de peu de mérite;

    Et les voilà déjà grattant

    A la porte du patient;

    Mais la porte demeurant close,

    Ces Messieurs empressés, courtois,

    Ensemble donnent de la voix :

L'âne se trouvant mieux, comprit bientôt la chose.

J'eusse été, leur dit-il, charmé de vous ouvrir;

Mais l'air me surprendroit, et j'en pourrois mourir.

MON VŒU.

———

Ici je veux passer ma vie

Avec Bacchus et la beauté.

La tristesse est une folie,

Et ma folie est la gaîté.

Ici je veux chanter et boire,

Ici du temps je veux jouir,

Et qu'on écrive mon histoire

Avec la plume du plaisir.

Je veux de myrtes et de roses

Que l'on entoure mon tombeau ;

Qu'on y lise pour toutes choses :

Il n'aimoit pas le vin nouveau.

Boire eût été philosophie

Si Socrate eût aimé le vin ,

Et la sagesse une folie

Si Lucrèce eût aimé Tarquin.

~~~~~~

FABLE.

LA FEMME QUI VA SE NOYER.

———

Ces jours passés, Perronnelle

Faisoit rage en la maison.

Vais me noyer, disoit-elle,

A son mari Perrichon.

Dieu vous conduise, ma mie,

Dit Perrichon l'entendant.

Sus voilà que la furie,

Comme il pleuvoit, va cherchant,

Avant tout, un parapluie.

———

ÉPILOGUE.

La Fontaine, Bocace, Esope
Cessez de charmer nos loisirs.
Gardez vos dons, ô Calliope !
Un censeur trouble mes plaisirs.
Il ose condamner sans cesse
Et mes efforts et mes travaux ;
Point ne fait grâce à mes défauts ;
Il en veut même à ma paresse.
Partout je trouve ce censeur.
Partout je l'entends qui m'accuse.
Pour mieux vous décrier, ma Muse,
Il s'est lui-même fait auteur.

FIN.

103

www.ingramcontent.com/pod-product-compliance
Lightning Source LLC
Chambersburg PA
CBHW070820260626

47161CB00006B/2345